TIGRAM

THE STOCK RUSH

SUMEET KUMAR

ISBN 979-888606176-5

Sumeet Kumar

Sumeet Kumar , A adult who experiences many phases of love in his life , get broked many times , stands up every time and keep moving to the next phases of the life.In reality he is a writter as well as singer (as a hobby). Very exciting and interesting fact about him is that he is author of New era i.e. he starts his journey of writing at the age when he was going to schools to get the study . His some famous works i.e. Maturity Of Love (Genre - Love),Privacy For Dream (Genre - Middle Class), Army Squad ofLove (Genre- The Seperation of Army Love), 5 Days of Love(Genre- Temporarily Love), Th e Endearment Of Love(Genre - Historical Era Of Love), Social Destruction Indo-Pak (Genre - The Story of The Love At The Time Of Division Of India And Pakistan), Middle Class Soul (Genre - The Dreams of Middle Class), The Accursed Kanatpur (Genre -The Horrific Story Of A Village), Wrong Number (Genre -The Suspenseful Physco Killer Story), The Secrecy OfDeadly Midnight (Genre - The Suspense About a Crime),Fragile Religious Of Death (Genre- The Death Of A TrustfulPerson), Nature Vs Science (Genre - The Future Battle Between Nature And Science In A Horrific Way), Generic Man (Genre - The Dream of I.I.T), The Unconsious 12 Hours(Genre - The Illusion At Stage Of Comma), The StrangeBurden (Genre - The Burden Of Love) , Her Existence (Genre- The Female Pain In The Society) , Jockstrap Prize (Genre -The True Story Of A National Athlete) , H Man [Hindi] (Genre - Superhero Tragic Story), H Man [English] (Genre - Superhero Tragic Story) , Maturity Of Love [Englsih] (Genre - Love) and many more are available on various geners on the offcial platform of Amazon, Flipkart and Notionpress. You can buy them from there.

Contents

ACKNOWLEDGEMENTS

Aman Kumar

Special Thanks to **Aman Kumar** who worked so hard in the preparation of this book. He has continually put with my passive voice, omission of words, and late night calls. You have be en wonderful. Thanks to him for his precious time in reviewing proposals , individual chapters and early drafts, along with his suggestions on the applicability of the material to the world.

I
COMMON LOVE

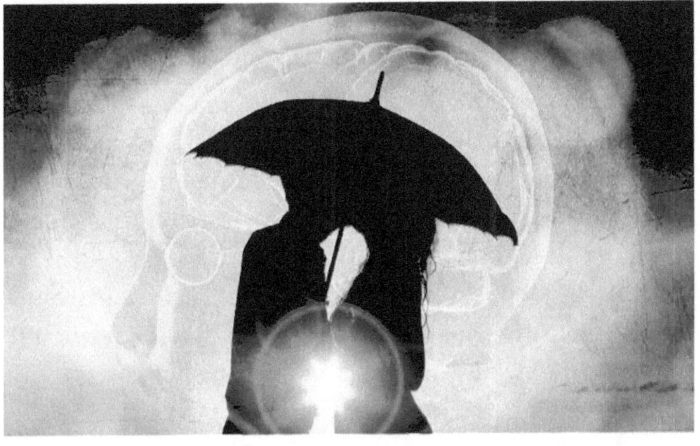

Aaj likhne ki khairat toh bahut kuch hai per ush saval
ki khamoshi ne mujhe khud seh itna durr kar diya hai ki
mein ye baateion samajh hee nahi pa raha ye samjhane ki
aab cahta khatm ho chuki hai ,duniya mein mohabatt
kishi ki bhi aam nahi aati ye u kahiye ki vo ushe samjhate
hee sadhrana nahi hai,kyun har panne ki likhawat mein ye

kahavat mashoor hai ki mohabatt ki sururaat tab hoti hai jab khamoshi ki deewaro ish hadd tak apni pechaan bana leti ki uski parchai seh bhi hame taqleef ke kayi khwab dekhne parte hai ,mein kishi ko kasoorbaar kyun savit aru jab ush cheez ki sururaat hee maine ki hai ,mein kaiseh bhul jayun un lamho ko jo maine uske sath bitaye hai ,usne toh badi aashani seh ye keh diya ki sayad aab mein nibha nahi payungi ,per mein khud seh kaiseh kahu ki aab chhod do ushe ,aab vo vapas nahi aane vali ,aur taqleef jhelne ki koi zarrorat nahi uski yaadeion mein ,aur na hee khud mein mahroom hone ki aab koi riwayat bachi hai en aankheion mein vo bhi uske chale jane ke baad ,usne bhula diya hai tumhe aur vo apni zindagi mein kaffi aage bhi badh chuki hai per tum kyun nhi badhte aage ?

log mohabatt mein bahut kuch karte hai ,bahut kuch sehte bhi hai aur samaj ki baateion seh ladte bhi hai ,kayi log toh mohabatt mein khud ke rishte chhodne ke liye bhi tayar ho jate hai jinhone ne unhe pala hai ,unki har waqt madad ki hai ,har ek lamhe har ek safar mein ,per ye toh sirf mohre hai yeh aajkal ki fidrat hee samajh le ,log toh mohabatt mein jann bhi de dete hai vo bhi bina kishi khairat ke toh kishi ko chhodna toh aam baat hai vo bhi ush saksh ke liye jisne sirf dikhave kiye hai vo bhari mehfil ke samne ,per usne kuch galat nahi kya na hee vo galat thi ,galat toh mein tha jo maine ush saksh seh mohabatt ki jishe meri parvaah hee nahi thi ,aksar ham jish saksh seh mohabatt karte hai unki cahat ki sururaat hee kishi aur seh hoti hai ,per beigairat dil bhi unhi ki cahat mein har waqt apni khamoshi ki amanat khud hee bann jata hai ,barbadi ki sururaat kabhi ek seh nahi hoti hai balki purri kaum seh hoti hai ,aur iski haqqeqat tab samne aati hai jab khud ki cahat ish had tak badh jaati hai jiski koi muraad kabhi khali rehti hee nahi hai ,mein ye nai keh raha ki kishi seh mohabatt buri hai per ek saval zarror hai ki khud ko kyun ish kadar khona hai uski mohabatt mein ki aap kabhi khud seh dubara kabhi waqif ho hee na sako ,har waqt bash uske baare mein sochna uski har ek aadat ko yaad rakhna ,khud seh zyad har waqt uski parvaah karna ,sab kuch chhod kar bash uske baare mein sochna ,vo jab bimar pare toh din raat bash uski chinta karna aur har waqt uske kareeb rakhne ki gujarish karna,ye aadat galat nahi hai per hamari fidart galati hoti hai aur jab tak ham ishe samjhane ki koshish karte hai hamari zindagi ke vo haseen lamhe hamse itne durr ho jate hai ki hame kuch khabar hee nahi hoti ,ush waqt jo tuttne ki riwayat hai hame hamesha uski yaad ish kadar dilati hai ki ham ush dard ko mahasoosh toh karte hai per kabhi ushe khud seh dur karne ki cahta karte hee nahi hai aur kare bhi toh kaiseh kare ? beigairat ush bewafa ki yaadeion jo usme shamil hai jo waqt ke sath hamare jeene ki taqdeer seh judd chuki hai ,na toh ush waqt ham marne ki cahta kar sakte hai aur na jeene ki koshish kyunki ush waqt hamare sath koi hote hee nahi ,toh samsaan ki caht bhi beigairat bekar hee hoti hai ,ek ladke ki zindagi aashan nahi hoti aur nee ek ladki ki zindagi kabhi aashan hui hai ,kyunki dard ki seema toh mohabatt mein ek liye hamesha ek hee rahi hai ,har ek saksh ye per kishi na kishi halat ke wajah seh khud ke aandar tutta hee hai ,per na toh saval sahi waqt uth thhe hai aur na hee vo javab sahi waqt per aate hai ,jab ek saksh khud seh durr janne ki koshish karta hai toh iska saaf matlab yehi hai ki vo khud ko bhul chuka ,khud ki khushyion ko galat ghot diya hai usne vo bhi kishi aur ki cahate mein aakar ,pehle toh samaj ki baateion ushe jeene nahi deti thi per aab uski yaadeion ne bhi ish kadar ek qafas tayar kar diya hai uske liye jiski giraft ke aandar vo khud hee maut ki tamana kar raha hai ,ush waqt har jagah bash ek hee khamoshi najar aati hai jiski soch bhi ek insaan ke liye barbaadi lati hai ,cahat bhi badi kamini cheez jo hamari fidrat ko dheere dheere ham seh ish kadar durr kar deti hai ki waqt ki khairat bhi hame chhoti lagne lagti hai .

mohabatt agar adhuri ho toh log ek dusre ko yaad kar ke apni purri zindagi jee lete hai per agar vhi purri hokar bhi apke hisse mein adhuri reh toh jeene ki khairat toh bahut durr ki aap apni saaseion bhi uske bina nahi le sakte ,ishq vo jehar hai jiski fidrat beigairat ek aam insaan ki soch seh bahut alag aur bahut khatarnak hai ,har kishi ki zindagi mein ek morr ki gujarish hoti hai jaha ham apne rishte bhul kar aur unka daaman chhod kar kishi aur ki taalash mein chal parte hai ,ek insaan ki fidrat ish soch seh bahut pehle hee gujar chuki hai ki zindagi mein har koi apke sath antim safar ki cahat nahi karega ,yeha dard ki koi keemat nahi aur ek saksh ki mohabatt bhari bazar mein na beeke aishi koi talim bani nahi ,mein ye baateion kyun likh raha hun aur apne sabdo seh kishe kasoorbaar mann raha hun yeh thhera raha hun ,aishi koi tamana meri hai hee nahi ,na toh mein ushe apne hisse ki khushi ke kabil samjhata hun aur na hee beigairat apne gam ki wajah manta hun , taqleef ki fidrat bhale hee kyun na mili ho uski mohabatt mein per mein apni soch ko agar kishi ek saksh ki wajah seh badal dun toh mein toh apni pechaan ushi waqt bhul jayunga vo bhi bhari mehfil jaha kuch toh log honge jo meri parvaah karte honge ,kuch ki toh mein baat hee karna nahi kyunki meri ruhh mere sath jo hai aur mein uski najron mein kabhi girna nahi cahta ,kyunki mujhe pata hai agar mein harr gaya toh ushe behad taqleef hongi aur mein apni ruhh ko kabhi taqleef nahi dena cahta ,ish duniya har ek cheez per paano ki saugat likhi gayi per kishi ne ush mohabatt mein mashoor hokar bhi barbadi ki manjil per kaiseh aa jate hai log ,iske baare mein kyun nahi likhi gayi un do paano ki saugate ,kyunki majboor hai hamari fidrat vo bhi kishi ko cahne ke liye ,jishe din apne parivaar ki najron se h apne najre mila li na toh samaj jana barbadi apse kuch zyada durr nahi hai ,vo toh bash apke intezaar mein apni fateh ka intezaar kar rahi hai .

beigairat khamoshi bhi kabhi ham se inteeah leti hogi ki akhir mein bhi dekhu mujhe apne kareeb akhir kaun rakh sakta hai ,janab jish din mohabatt ki pehli hava lagti hai ush din khamoshi ek cahat bann jati hai aur ish tarah ki cahta nashe seh buri kyunki iske utarne ke baad bhi ham kahi na kahi ishi ke gulam rehte hai ye vo beigairat mashuka hai jo na toh hamse kabhi durr jane ki koshish karti hai aur na pass aane ki cahat vo toh ham khud hote hai jo ishe apni mehfil ki vo jagah de dete hai jaha kabhi hamari khushiyon ne tajmahal bana rakha tha vo bhi hamari yaadeion .

log kamjoor achanak seh kabhi nahi parte unhe todne ki sajish ish kadar hoti hai ki vo kabhi ush waqt khud seh waqif ho hee nahi paate aur waqif hone ki cahat bhi kaishe kare vo toh khud ki parvaah karna hee chhod dete hai ,khud ki aadat ,aur beshumaar khushiyan bhi kishi aur ki jholi mein hashi khushi bash daan kar dete hai ,aur ush waqt uski wajah bhi hamseh behad durr hoti hai ,kyunki vo kehta hai tuttne per hee samsaan ki cahta yaad aat hai aur vo yaadeion bhi jihne ham kabhi khud seh durr kar hee nahi paate hai ,har kishi ko bash apne ush dard ko baatne ki sajish karte phir bhi ush dard ki keemat kabhi kam nahi hoti hai cahe vo lamhe badal hee kyun na jaye ,cahe unke dil todne ki fidrat kishi aur ke taraf kyun na jye phir bhi vo wajah kabhi nahi badalti , bash apne jehan mein ish kadar jinda rehti hai ki ushe ham kitna bhi kyun na cahe per khud seh alag nahi kar sakte ush waqt .

pata hai kuch alfaaz hai jo mein har kishi ko kehna cahta hun yeha tak khud ko bhi ek ilm ki tarah samjhana cahta hun ,mohabatt ki jab sururaat hoti hai toh hamari nadani aur hamari umar ush waqt behad kareeb ho jate hai vo bhi aapas mein ,inhe kuch khabar hee nahi hoti ki dono kabhi ek dusre ke dost bann hee sakte cahh kar bhi ,kyunki inki soch alag ,inki baateion alag hai aur yeha tak ki inki aadat bhi ek dusre seh alag hai ,phir bhi jab mohabatt hoti hai toh ham en dono ko behad kareeb lane ki sifarish karte hai vo khud seh kishi aur seh nahi ,ek insaan ki cahat galat nahi ho sakti per uski mohabatt galat ho sakti hai per raaj ki baat toh ye hai ki cahat seh hee mohabatt ki sururaat hoti hai ,aap sab bhi ye soch rahe honge ki mein dono baateion kyun keh raha hun ,matlab ek tarf inke khilaf bhi aur dusri taraf inke sath bhi , ha ye baat toh sach hee hai ,per jab ham kishi aishe saksh seh milte hai ,aur ushe pehli baar dekhte hee ,uske sath apna bavishya bitane ki jab kalpana karte hai ,toh ush waqt seh toh sururaat hoti hai un do raasto ki jishe na toh apne pehle kabhi apni aankehion seh dekha aur na hee uske baare mein kishi seh suna hai ,kyunki ush waqt jab chhot lagti hai toh kuch log apne dard ko jahir toh karte per purri tarah seh koi nahi karta ,kyunki vo ush mehfil ke kareeb kabhi nahi jana cahte vo bhi apni dard ki mohlat ko apni aankheion ke samne dekh kar aur unse ladkar jab ek saksh apni zindagi mein aage badhta hai toh vo ush purani mehfil mein kabhi dubara nahi jana cahta , na apni yaadeion kishi dusre saksh ke sath dohrana cahta hai ,kyunki jo darr usne apni aankheion mein dekha hai vo bhi kishi ko khone ka vo ushe phir seh dekhna nahi cahta , log kehte hai pehli mohabatt bhulai nahi jati are baat toh sahi per vo kishi aur ki mohabatt mein un rishto ko kyun bhula dete hai jinhone kabhi uska sath hee nahi chhoda ,dard ki har sifarish jab ushe mili vo har waqt uske kareeb thhe ,uske sath phir usne un rishto ko kyun bhula diya ,maine ye baat pehli bhi kahi hai ki dard ki keemat bahut kam hai ish duniya mein vo bhi agar mehfil mohabatt ki ho toh badi aashani seh naseeb ho jati hai ,maine jo kuch bhi khoya ushe mein dubara toh hassil nahi kar sakta per ha khud seh har waqt ye vaada zarror karta hun ,ki aab kishi aur ke wajah seh apne rishte kabhi nahi badlunga ,aur jo bhi mere pass hai mein unhe bhi taqleef kabhi nahi dunga ,kyunki jab koi kishi ke pyar mein tutt tha hai na toh vo akela nahi hoat ush mehfil mein dard ki ko deeware naseeb hoti hai balki uske sath ush waqt uske rsihte bhi hote hai jo ush dard seh safar karte hai ,na toh ush dard ko dohrane ki koshish kar aur na hee kishi aur ki mohabatt mein khud ko chhot pauchane ki sajish kyunki ish duniya mein ek dard ki yehi muraad hoti hai ki vo ek acche saskh ko purri tarah barbad karni ki taqat rakhta hai .

"

KI

SIRF

WAQT

NAHI JANAB

MERI TOH

PURRI

DUNIYA

HEE SHAMMIL

THI

MERI

TANHAIYE

MEIN

AUR USH
WAQT
JISHE HAM
KHUD
KA
SUBHCHINTAK
SAMAJ RAHE
THHE
VHI TOH
ASLI WAJAH
NIKLI
MERI
TABHAI KI .

NA
HEE
AAB KISHI
HUMSAFAR
KI
GUJARISH
HAI
AUR NA HEE
KISHI
SAHARE
KI
MUJHE TOH
BASH
VO MERI
KHUSIYAN
LAUTA
TOH JISKE
HONE SEH
MERE HONE

SUMEET KUMAR

SIFARISH KI THI."

II

A LOVE WITH ILLUSION

Har waqt jehan mein agar ek hee baat chale na toh iska
matlab ye nahi ki ham uske behad kareeb hai ye vo hamare
behad kareeb hai ,waiseh mein baateion un logo ki kar rah
hun jo ye sochte hai ki ish zindagi hamse bhi behtar kayi
log mil sakte hai hame ,khwaab jitne adhure ho zindagi

utni behtar hoti hai per jishe din vo khwaab asliayat mein purre ho jate hai hamari zindagi bhi ush waqt adhuri lagne lagti hai ,mohabatt bhi ushi tarah ki ek cheez hai ,ek khwaab hai jo har ek saksh har dekhne ki gusthaki karta hai ush khwaab ko purra karne ki koshish karta hai ,per na toh vo khwaab kabhi purre hote hai aur na hee uski zindagi ,agar kishi beigairat mashuka ne apki mohabatt thukrayi hai toh aap en sabdo ko mujseh behtar jante hoge ,aur vo beigairat mashuka ek ladki hee nahi hoti balki uski jagah ek ladka bhi ho sakta hai ,kyunki jab sansaar mein en dono lingon ko banaya gaya toh unhone ye kabhi nahi socha tha ki bewafai ki ek cahat bann jayegi vo bhi manav jati ke liye ,samajh sakta hun ek saksh majboor ho sakta hai ,vo tutt sakta hai ,ye uske halat ush waqt ushe aandar seh ish kadar todd sakte hai ki vo vapas apne kadmo per kabhi khada ho hee nahi paye ,per iski sururaat hoti kaha seh hai asliyat mein kya kishi ko khabar bhi hai ? log apni purri zindagi jee lete hai phir marne ki rahh mein ish kadar khade ho jate jaishe golgaape ki dukaan mein ladkiya aajkal ek lambi seema lagakar khadi rehti hai ,kabhi apni zindagi seh matlab pucha hai ki vo hamse kya cahti hai ? kuch log toh mri baateion per ye bhi bolege ki hame kya lena en sab jaishi chal rahi hai chalne do ,ye kuch toh mujhe do pal ke liye pagl bhi samjhege ,aur ye kaffi had tak meri haqqeqat ho bhi sakti hai per sachai bilkul nahi ,meri umar bhale hee kaam hai per maine zindagi ke har un lamho ko apni aankheion seh dekha hai jaha ek saksh ki barbadi uski pechaan bann jati hai , aur meri pechaan bhi meri barbadi hee hai ,per iski khairat ush khuda ne kishi aur ke sahare likha tha vo bhi meri taqdeer banakar ,bahut aishe lamhe hamari zindagi mein aate jaha ham khud ko ek bhoj samjhate hai ,khud ko ye har waqt dilasa dete hai ki ye zindagi tum jaishe ke liye bani hee nahi hai ,har wqaqt bash khud ko chhot pauchane ki sajish karte hai ham ush waqt aur ek raqeeb ki pechaan dekar khud ki inayaat ko marne ki koshish bhi ,zindagi mein agar har ek cheez aashani seh mill jaye toh ush khuda ke niyam hee badal jayege vo bhi mehnat ke khilaf , kishi ne kaha tha ki "sacchi mohbaatt kabhi bhulai nahi jati vo toh bilkul life insurance ki tarah hoti hai zindagi ke baad aur zindagi ke sath "

per beigair ye beetion kishe pata thi ki jishe ham ham purri zindagi mann leta hai ,apni khushiyan ki wajah bhi aur apne gam ki raqeeb vhi akhir mein hamari zindagi ish tarah kar ke jaati hai ki zindagi bhi saali purri hokar adhuri hee najar aati hai ,khair sabdo ki mala nahi banani mujhe ,mujhe toh ush khuda se ush insaaf ki talim hassil karni hai aajtak kishi ko thukrane kabhi nasseb nahi hoti ,toh chalo ek aishe safar mein lekar chalta hun jaha khusiyan ki wajah toh mili mujhe per khairat bhavishya ke gam ke taur per .

mein KRISHNA PANDIT apne ma baap ka eklauta khoon aur apne mohalle ki barbadi bhi ,per ha log behad pyar bhi karte thhe mujseh per ye baat mujhe tab pata chali jab janaje per unhone bade pyaar seh ek baat kahi ,jaisha bhi tha per pyara baccha tha abhi iski umar hee kaha thi marne ki agar prem ke chakkar mein hamara nandlala nahi parta toh " matlab kaha se aate hai ye log ish tarah ki sahaanubhooti lekar ,kaun kehta hai inhe ye baateion karne ko ,kaishe samjhayun inhe ki koi cahat nahi hai aishi sahaanubhooti ki ?agar waqt per unhone ne sath hee diya hota toh na meri halat kabhi aishi hoti hai ,aur na hee unhe ye baateion bolne ki kabhi zarrorat parti ,aap sab ko hamre naam ke karana ye parti ho ra ha hoga ki ham sudh bramhan parivaar seh sambandhit karte honge ,waishe aap sab ki soch ko toh ekish toope ki slaami deni paregi ,kyun apne sahi samjha ham hamare baare mein ,ham sudh bramhan parivaar seh hee sambhandit karte hai ,per puja path seh kaffi durr rehte hai ,vo kya kehte hai jo uparvale per kabhi bharosha nahi karta,mere khyal seh nastik kehte hai ,toh sahi samjhe ham vhi nasti hai jisne na toh unki kabhi vidya ko gale seh lagya hai aur na hee unki soch ko ,aur kyun parvaah kare ham ush uparvale ki ,kya diya unhone aajtak mujhe ,sirf ek sarre vo bhi bina ma baap ke ,khiar agar ye adhuri kahani batayi toh meri haqqeqat aap sab ke samne sayad kabhi na aaye ishliye ish dastan ko pehle puuri karne ki koshish karta hun ,matlab hamare janm ki karam kundli ,

jab maine janam liya tha tabhi mere ma baap ne mujhe khud seh alag kar diya tha ,wajah toh nahi pata ,per ha jab pandi ji ne mujhe ye baateion batayi toh sach mein ush waqt kaleje seh bash ek hee aawaz samne aayi ,ki akhir unhone aisha kiya kyun ? khair en baateion ko haqqeqat na maane mein sirf ek majak kar raha hun kyunki jo zindagi mujhe ush uparvale ne dii thi vo bhi ek majak hee hai ,na ser pe ma baap ki mahima aur na hee hathon mein bhai aur behno ka sath ,per thi hee kiya unhone ne mujhe chhod kar ,kyunki mujhe unse koi sikhayat nahi hai ,kyunki jab ek insaan ki majboori uske kareeb aati hai toh vo sabse pehle khud ke hee rishte yaad bhi karta hai aur bhulne ki koshish bhi ,aur ye baateion toh hamari kismat mein bahut pehle hee maan liye jish din hamne ish duniya apne kadmo ko rakha tha ,maaf kijiye ga alfaazo ke liye kyunki javan thodi banarasia hai ishliye mein ke jagah hamne ka prayog kaffi kiya hai hamne ,vo kya hee kare hamare banaras ki pechaan hee hai meetha bolna vo bhi ush paan ke paaton ki tarah bilkul misri ki tarah ,

khair enke baad jab mere asli ma ne baap ne mere sath chhod diya tab hamari zindagi mein hamari yasodha maiyan aayi ,jisne na toh hame kabhi unki kami khalne di aur nee hee unke pyar ki cahat ,maine kabhi apne asli ma baap ko nahi dekha ,tha kyunki jab aankh khuli toh ganga ke kinare vo bhi ma yasodha ki charno mein paaye mile ,jinhone ne bade pyar seh hame apni mamta ki baahon mein tham rakha tha ,unki mohabatt unki aankheion seh apne bete ke liye saaf dikh rahi thi ,aur dusri taraf hamre pita ji pandit VASUDEV PANDIT jo ki sach mein meri duniya thhe ,mein kabhi inke pyar ko inhe lauta hee nahi sakt ,kyunki ye vo amrit hai jo gale se utarte hee pyar ke kayi dvaar khol deti hai ,phir kya tha jab ganga maiyan ke kinare ma yasodha ne hame dekha toh unhone bash hame gale se laga liya aur apni mamta ke saaye bash chupa liya ,kyunkivo nahi cahti thi ush waqt ki hame kishi aur ki najar lage ,mujhe nahi pata ki meri yasodha ma ne mujhmein kya dekha ,per unse jab bhi ye baat puchta hun ki mujhmein khasiyat kya hai ,toh vo har waqt bash yehi bolkar taal deti hai ki tu sabse alag hai krishna tu koi aam insaan nahi hai ,bacpan ye baateion kabhi samaj mein aati hee nahi thi ,maine kabhi dost nahi banaye apni purri zindagi mein ,na mein kabhi unke saaye seh kabhi durr gya kyunki pita ji peshe seh ek teacher thhe aur ma yasodha orphan school ki founder ,jaha meri hee tarah kayi baache ,mere jaishe bhi aur meri tarah bhi ye mujhe lagta hai per iski bhi haqqeqat kuch khaas nahi hai ,toh meri padhai bhi papa ke kareeb hee hokar hui ,na toh vo mujhe kabhi khud seh alag karte aur na hee ma mujhe kabhi ush sehar bahar jaane deti ,waishe mein apne sehar ka naam bata dun , mei aur meri ma yasodha dono ek hee sehar ke thhe matlab banaras se per mere papa nagpur ke thhe ,papa aur ma dono ne bhaag kar shaddi ki thi ,kyunki vo dono ek jaati ke nahi thhe ishliye samaj ki vhi gisi pitti baateion unke prem ke khilaf ush waqt waqt ek deewar ki

tarh samne aa gayi ,ishliye papa ne ye socha ki ek nayi jung suru karne seh behtar hai ki ham dono bhaag kar hee shaddi kar le ,phir kya tha agar mohabatt sachhi ho toh insaan ki soch bhi unhe aapas mein milne se kabhi rauk nahi sakti ,aur rahi baat mere ma aur papa ki vo dono toh bachpan seh hee superman ke fan thhe ,phir kya tha papa ne ma ka hath pakda aur seedhe nagpur aa gaye , waishe mein yee baateion bata dun ki papa ki koi family nahi ishliye ma ke parivaar ne unhe apna jamai banane se mana kar diya tha ,iske aage toh har prem kahani ek yehi haqqeqat hoti hai jo aap mujseh behtar jante honge ,ki ladke ki koi jaati nahi hai , na hee uska koi dhram hai ,toh ham apni beti ko ushe kaiseh saup de ,ye sab sunne aur sochne ke baad mere ma aur papa ne yeh nirnay liya ki hame bhaag kar shaddi kar leni chaiye ,aur ye baat sabko pata hongi ki agar mohabatt do tarfa hai aur vo bhi sacchi vali toh unhe aapas mein mile se toh ush uparvale ki seema aur kshamata bhi nahi rauk sakti toh ek aam insaan ki en sab ke samne kya hee muraad .
phir kya tha unhone jald hee shaddi kar li aur nagpur mein hee ek acchi shi naukri kar li dono ne aur apni zindagi jeene lage per vo kehte hai agar khusiyan ki mehfil chaaro taraf seh aapke aagn mein ek gulam bankar apko apni khairat mein shammil kar rahi hai toh uske peeche kayi aishe raaj hai jo aapko beigairat ush gam ki mehfil mein lekar jayege , na toh mein baateion kehne ki koshish kar pa raha hun aur na hee koi riwayat hai meri per mein unka sukriya kaiseh karu mujhe khud bhi nahi pata ,unki zindagi mein har ek cheez sahi chal rahi per unhe kya khabar thi ki meri maujudgi unki khusiyan ki mehfil mein ek gam ki chadar bann kar har hisse mein baat di jayegi ,toh mere khed ki sururaat tab hui jab vo phir se banaras gaye ,ush waqt ma jab apne maike gayi toh vha koi nahi

,agal bagal se mere papa ne ye pucha ki yeha jo log pehle rehte thhe vo kaha chale gaye per kishi ne sahi seh javab nahi diya ,har kishi ke apni hee alag soch thi vo bhi unke jaane ke peeche ,ishliye ma ush waqt kqffi udaash ho chuki thi khud seh ,kyunki unki bhi ek apni duniya jo ki unke ma baap aur bhai behan thhe aur unse na milne ke karan vo khud mein kaffi khamosh thi aur ye baateion papa kaffi acchi tarah seh jante thhe ishliye unhone ne ma se bola ki chalo ma ganga ke darshan kar ke aate hai ,en sab ke baad jab apni khamoshi ko samet kar ma ur papa ganga ma ki gaud mein gaye ,tab unhone ne mujhe dekha jiske kareeb bahut sarre log pehle seh jama thhe ,per na toh kishi ne mujhe gaud mein uthaya aur na hee ush waqt kishi ne mujhe chup karvane ki koshish ki ,asliyat mein mujhe ush waqt samja ki gathibidhio ka vo tamasha banaya gaya tha jiske gam seh unhe khushiyan mill rahi thi ,en sab ke baad jab papa aur ma nee ush bheer ko dekha toh vo turant ushe deke aa agye bakiyon ki tarah per jab un dono ki aankheion ne mujhe dekaha toh sayad unhone ush waqt ush dard ko mahasoosh kar liya tha ,aur maine bhi ush mamta ki muarat ko apni naam aankheion seh dekh liya tha ,phir kya tha ma ne turant mujhe ush palne se nikal kar apne seene seh laga liya aur mujhe apni mamta ke saaye mein sula kar mere aasyun ki har ek keemat ush waqt mujseh cheen kar ma gange ki charno mein unhe zindagi bhar ke liye saup diya .

"KI KHAIRAT
MEIN LIKHUN
BHI
TOH KYA
LIKHUN
USH MAMTA

KE BAARE
KOI ALFAAZ
AAJ
TAK BANE HEE
ISH DUNIYE
MEIN JO
USH
MA KI
TULNA
KAR SAKE.
JAB RUTH
GAYE THHE
APNE MUJSEH
TUNNE
PAU PASARA
THA BETA
BETA KEHKAR
MUJKO APNI
GAUD MEIN
SULAYA THA
DARD KI
DUNIYA
SEH
BEGHAR
HOKAR
JAB MEIN
TERE GHAR
MEIN
AAYA
THA SAB
SE
SABDO KI
PECHAAN

MEIN
MAINE
TUJHE MA
KEHKAR BULAYA
THA
TERI MAHIMA
VO KHUDA BHI
JAANE
AUR MANN CHUKE HAI
GRANTH BHI
TUJSEH BEHTAR
NA KOI SAAYA
HAI YEH MANN
CHUKE
HAI AAJ
SANT BHI .

"

III

THE DAY WHEN I MET HEAVEN

Kuch rishte khoon ke toh nahi hote per unse bhi zyada
apne hone ka farz ada kar jaate hai ,zindagi mein agar koi

cheez aapse durr ho gayi hai toh iska matlab ye nahi ki
uske raste bhi apke liye purri umar bhar band ho chuke hai
,agar insaan ki shiddat hai kishi ko cahne ki toh ush khuda
ki kismat bhi kuch waqt ke liye khamosh ho jati hai ,aur
ush saksh ko uski manjil ke kareeb lane ki behad koshish
karti hai ,per agar cahat ho toh ? apni duniya aishi banao
ki agar koi cahnevala bhi aapse kuch waqt ke liye durr ho
jaye toh uski khairat kabhi apki khamoshi bann kar samne
na aaye kyunki vo saksh toh apki zindagi seh chala per
uski yaadeion abhi bhi apke jehan mein har ek din bash
dard ki khairat ko aage badha rahi hai ,ish duniya ki
riwayat hai ki agar koi hamse do meethi vaani kya bol jaye
ham bash uski baateion ke gulam ho jate hai aur agar vhi
koi do sabd karve bolde toh ham uski jaane ke peech hath
dhokar per jate hai ,phir ush beigairat mohabatt ke peeche
ham aisha kyun nahi karte ? ek saksh jab mohabatt mein
khud ko kho deta hai toh vo ush waqt apni ruhh ki
gaulami tayy kar ke aata hai ,aur ushe iski khabar tak nahi
rehti ki usne kya khoya hai ?khoon ke rishte bhi paani ki
tarah ho jate hai jab mehfilo mein mohabatt ki khusboo
aati hai ,ham ush waqt samjhana hee nahi cahte ki hamare
liye kya sahi aur kya galat ? khair mujhe pata hai mein
apni dard ki daastan kahi bhi lekar sur ho jata hun uske
liye khed hai mujhe toh chaliye dekhte hai ki akhir uske
aage ki zindagi meri kaishe beeti vo bhi ush sehar mein
jisse mein behad anjaan tha ,na toh vo meri janm bhumi
thi aur na hee mein vha ka rehne vala ,aur khasiyat toh ye
hai ki mera koi apna bhi nahi ush mehfil mein ma yasodha
aur papa ke ilava .

mein mahrrom tha sayad ush waqt khud ki hee kismat
kyunki ek taraf mere asli ma baap thhe jinhone ne mujhe
janm dete hee ma ganga ki gaud mein fhek diya aur dusri
taraf ma yasodha ki vo anjaani shi gaud jisne ma gange seh

mujhe cheen kar apna banaya ,mein sukriya karu ush khuda ka ye unse beigairat naraj hone ki gujarisha karu ,ye baateion ush waqt mujhe samaj hee nahi aa rahi thi ,vo kehte hai na kismat ki hava pehle lagti hai jab janm ki riwayat hamari kadmo seh kaffi durr rehti hai ,en sab ke baad jab ma ne mujhe gale seh lagaya toh ush waqt unke pati matlab mere papa ne bhi kuch nahi bola ,bash vo sab seh pucte reh gaye ki yeha ishe kisne chhoda hai kya kishi ne dekha hai ? unhone ush waqt lagbhag sab se puch liya jo bhi ush waqt vha maujood thhe ,per kishi ne javab nahi diya ,sab toh bash ye keh rahe thhe ki ishe kishi anathhale mein kyun nahi chhod aate aap log agar itni hee fikr hai toh ? ush waqt ki khairat toh mujhe nahi pata bash ma yasodha ki baateion yaad hai jo ek aishe saksh seh suni jo unki bhi duniya thhe aur meri bhi ,ma ne ush waqt unhe bash itna bola ki agar kishi ki ye soch hai ki ye anath hai toh apne mann se nikal dijiye aur agar kishi ne bhi ye dubara mere krsihna ke samne bola toh uski maut mere hathon hee hongi ,ye mera beta hai mere nandlala ,apni ma yasodha ka kanha ,phir kya tha ma ke sabdo ko sunne ke baad na toh samaj ki baateion samne aayi aur na hee unke bichar ,en sab ke baad ma ne soch liya tha ki aab ham ishe hee aage padhaye ge aur bada aadmi banayege jaha samaj ki soch aur uski baateion iske tak kabhi nahi pauchgi ,mein hairaan hun ki ush saksh ne koi saval kyun nahi kiya ush waqt ki ye hamara bete nahi hai yasodha ? aur agar hamare baache honge toh hame ishe kyun paale ? kyunki pehli aulad ka ishe darja de ham ? ye na toh hamara khoon hai aur na hee hamari parvarish hai ? auar agar iske ma baap galti se kal samne aa gaye toh phir kaishe sambhalogi unhe ,kaiseh sambhalogi apni mamta ko ,rsihte banane aashan hote hai per unhe nibhana utna hee kathin hota hai .

us waqt unhone bash itna bola ki ye sirf tumhara beta nahi balki hamara hai ? per sayad ush pyar ke liye mein bana hee nahi tha kyunki jsih insaniya ki murat meri ma yasodha thi sayad mein unka kanha banne ke layak hee nahi tha ,kyunki aajtak maine unhe koi khusiyan di hee nahi hai ,insaniayt se agar koi badi cheez hai toh ush waqt meri ma yasodha hee thi ,mere sabd meri hee aatmkatha ko mujseh na likhne ki gujarisha kar rahe hai kyunki iske aage ki zindagi meri jo bhi tho vo sayad na toh batane layak hai aur na hee jatane layak ,phir bhi mein un paano ke saugat kabhi khali nahi chhodne vala jiske dhaabe bhi aaj bhi mere rsihto ko un raaho se jodd jate hai jiski ek hee surat hamesha dard bann ke samne aati hai .

en sab ke baad jab ma aur papa mujhe nagpur lekar aaye toh unhone ne bhi sururaat mein kayi dalilo ka samna kiya ,samaj mein mujhe lekar kayi baateion kahi ,ki kiska khoon hai ,kaun hai ye ? kahi se chura kar toh nahi laya na ? aur bhi bahut saari baatein thi jo na toh mein dohrana cahta hun aur na hee jahir karna cahta hun kyunki ye samaj ki vo dogli baateion hai aur bichar jo unhe har insaniyat seh kaffi durr lekar jaati hai ,phir kayi saalo tak aishi hee baateion ka samna karte karte akhir kar unki soch bhi kahi na kahi unki baateion ke tarah ek kabr mein dabb hee gayi jinki deewaro mein na toh pehle jaishe shor shammil thhe aur na hee vo badnami ,mein un baateion ko kabhi bhul hee nahi sakta aur na un haalaton ko jo meri ma yasodha aur mere papa ne jhela tha ,unki toh koi galti thi bhi nahi thi phir bhi samaj ne unhe aishi baatein kyun kahi ? kyun samna karna para unhe un deewaro ka jo mere wajood seh judi thi ? galat toh mein tha aur mere asli ma baap thhe phir un dono ko aishi saja kyun mili ? ma yasodha hamesha kehti thi ki aap agar duniya mein kuch accha karte ho toh vo sachai aapko aage lekar jayegi per agar ush waqt aap samaj ki baateion sun kar ush kaam ko aadhe raste per chho doge toh vo karma bann kar aap hee nuksaan karegi .

en sab ke baad kayi saal beet agye mein aab kaffi bada ho chuka aur jo paap meri taqdeer bankar bacpan ke un lamho mein mujhe har waqt ek khamoshi ki yaad dilate thhe aab vo duniya bhi mujseh kaffi durr thi vo bhi mere ma aur papa ke wajah seh ,unhone sirf mujhe paal posh kar sirf bada hee nahi kiya balki uski jagah unhone mujhe apna naam ,apna ghar aur inse bhi badi cheez vo ijjat jo samaj ne mujhe kabhi nahi dii thi ,aur mein ush beshummar pyar ko kabhi nahi bhul sakta jo unke saaye mein har ek din maine paaya tha .

en sab ke meri zindagi toh badli hee per meri ksimat bhi aab purri tarah badal chuki thi ,ma ne jaisha socha tha mein ushi tarah banne ki riwayat karne laga ,vo cahti thi ki mein ek bada insaan banu ,aur kuch hee waqt mein sayad vo umar ki khairat mujhe abhi yaad bhi nahi hongi ,per ha itna pata hai ki meri ma aur mere papa ush din mujseh bhi zydaa khush thhe ,aur jo aasyun maine unki aankheion mein dekhe the vo koi aam aasyun nahi thhe balki unki parvarish thi jo meri kismat ki har ek likhwat seh judi thi ,mein na toh unhe ush waqt khona cahta tha aur na hee unhe kabhi aazad karna cahta tha ,mein bash unhe khud ki baahon se lagakar har waqt bash apne pass rakhna cahta tha .
(aab sab ko bhi ye soch rahe honge ki ye kahani kuch jaldi aage nahi badh gayi kyunki abhi toh gamo ke badal chaye hue thhe aur itn jadi khisyan bhi aa gayi kahi ye koi

film toh nahi chal rahi).
dhairya rakhiye ye koi film nahi hai aur na hee mein
koi nayak hun ,ye toh bash zindagi aur ush waqt ki
gujarish hai jo mere lamho ko waqt ke sath bhagne ki
gujarsih kar rahi hai ,per abhi purri sachi bhi bahar nikli
nahi mere matlab hai abhi toh kahi lamhe hai dard ke jo
maine na toh apke samne abhi tak saahil kiye aur na hee
baayan toh intezaar kariye ,aur aap sab agar filmo ke baare
mein sochee rahe the toh ek baat bata hee deta hun ,ki
hamari zindagi bhi kishi film se kam nahi hai ,kyunki isme
bhi gam aur khusiyon ke parameter ek jaishe hee hote hai .
meri kamayabi bhi ush waqt ek aishe safar ki talim
bann chuki thi jsihe hamari mehfil mein dhoka kehte hai
,ye ek raste per chalna jiski muraad aapko kaffi lambe
safar per lekar chalegi jaha se na toh aap kabhi lautne ki
gujarisha karna cahoge aur na hee apki fidart apo ushe
manjoor karne degi , bachpan se sauk tha ki ek business
man banu kyunki unki barbadi ke bhi kayi fayde hote
,unki daulat na toh kabhi marti aur na hee unki saaseion
unke peeche kabhi bhagti hai ,mein bahle hee ke middle
class family ke soch mein pala tha per fidrat mere ma baap
se bilkul alag thi ,mein bash apni ma ka sapna purra karna
cahta ishliye mein jab bhi apne papa ke sath unke school
jata jo ki ek ICSE boards school ke bade imandaar
sikhshak thhe ,mein en baateion ko bahut pehle seh janta
tha ki vo ko aam school nahi hai ,kyunki vha ministers aur
kahi bade aphsar ke bete bhi padhte thhe jinki buddhi toh
kam thi per daulat ke mamle meinn vo sabke baap thhe
,aur mujhe yehi cheez chaiye thi ,kyunki ush waqt 12th ICSE
BORADS exam thhe aur un amiro ki padhai bhi kuch
khaas acchi nahi thi ishliye maine ush waqt blcak and
white combination suru kar dia ,jo ki ek chanakya niti bhi
thi mere liye .

mein janta tha ki agar unhe vo questions nahi mile toh vo kabhi boards exams mein pass ho hee nahi payege , ishliye miane ush waqt ek khel khela vo bhi khud ko ush uchai ki taraf lekar jaane ka jo meri ma bahut ne bahut pehle socha tha per mein nahi cahta tha ki unhe ye sachi kabhi pata chale ki meri kamayabi bhi kishi ki beigairat nakmayabi seh judi hai ,kamayabi acche kaamo seh aaye cahe burre ye fark nahi parta ,kyunki smaja sirf apki farogh dekhta hai apki soch nahi ,aur jo saksh apki soch dekhe ush saksh ki mahima se behad durr rehne ki sifarisha kre kyunki vo aap hee kabr per apni fateh hassil kar sakta hai .

mere liye 12th boards ke questions ush waqt out karne kaffi aashan thhe jishe aam sabdo mein mein leaked bhi kehte hai ,kyunki vo questions koi aur nahi balki vasudev pandil jo ki khoon se mere pita jii thhe unhi ke rekh dekh mein unke questions bante thhe ,phir vo bankar seedhe exams center per jaate thhe ,per ye questions jaha bante thhe papa mujhe vha kabhi lekar nahi jate ,iski wajah toh mujhe purri tarah seh pata nahi per ha sayad vo ye nahi cahte the ki kal hokar unper koi daag lage toh kahi uski wajah seh mujhe na nuksaan ho ,unki soch hamesha sachai ki raaho per hee najar aati thi per meri usse bilkul alag ,aishi baat nahi thi ki unhone ne mujhe kabhi kishi cheez ki kami hone dii per mein khud ke pairo per khada hona cahta tha aur ma ka sapna purra karna cahta tha ,kyun ma ne mujseh kabhi kuch nahi manga sirf ek cheez ke ilava ,ki tu ek behtar aur bada insaan banega jiski missal purri duniya degi ,ishliye main ush waqt tikram khelna suru kar diya ,papa ko ye lagta tha ki mein vo jagah nahi janta hun ,per mein ush jagah seh bahut pehle hee waqif ho chuka tha kyunki vo bhale hee mujseh baateion chupa le per ma ko apni har ek baat batate thhe ,ishliye maine ma seh bahut pehle hee ush jagah ke baare mein puch liya tha ,phir kya jab icse boards exam mein ek din bache thhe toh mujhe ye khabar ho chuki thi ki unke questions bhi aab purri tarah ho tayar ho chuke hai ,per mein unhe ush waqt leaked nahi kar sakta aur na hee unki hard copy banba sakta tha kyunki mein ush waqt agar kuch bhi karta toh papako sarri baateion pata chal jaati ,vigyan ki baateion mein ye saaf likha hai ki ek insaan ki brain capacity 2400BP hoti hai ,toh iska sahi istmaal yeha nahi karta toh aur kaha karta ? mujhe pata tha agar mein kuch bhi karunga toh unke parinaam vasudev pandit ko hee bhugtane parege matlab mere papa ko ,aur mein kabhi ye hone nahi deta ,aur na hee kabhi cahta ,aur mein ush waqt ek aur baat seh bhi anjaan tha ki jinhone ne muhe itni mohabatt di hai aur kabhi kshi cheez ki kami nahi honi dii ,vo mere asli ma baap hai hee nahi ,agar ye baat pata bhi rehti na ush waqt toh mein aishi gusthaki kabhi na karta ,mein unhe kabhi taqleef de hee nahi sakta tha , kyunki vo mujhe mere asli ma baap se bhi zyad pyar karte thhe ,ishliye mujhe unki ijjat bhi pyaari thi aur apni kamayabi ishliye mujhe ek aishe waqt ki taalash thi jaha mein ye dono kaam kar sakun ,pehli kamaybi aur dusri ijjat .

**"*VO KEHTE*
HAI
DHANDE MEIN
AGAR
IJJAT
NA HO
TOH USSE
MILNE
*VALI***

FAROGH
KI BHI
KOI KEEMAT
NAHI HOTI . ”

ishliye ush waqt mujhe papa ki ijjat bhi sahi salamat rakhni thi aur apni kamayabi ki pehli seedhi bhi banani thi ishliye mujhe ush waqt ki taalash thi jab questions paper tayar hokar jab ush truck mein load hote thhe ,kyunki vha ki ye fidrat thi aur mere papa ke kaam ki bhi ki agar questions ek baar ush truk mein load ho gaye toh vah seh unki purri jimmedari khatm ho jayegi ,aur uske baad unke sath jo kuch bhi hoga uske jimmedarr board federation vale honge ,phir kya tha jaiseh hee vo questions paper ush truck mein rakhe ja rahe thhe mein ush waqt vhi tha aur maine unmein seh saath alag sets ki hard copy bahut pehle hee nikal thi ,per ye khairat mumkin kab hui ,aur kaiseh aur gar maine nikali bhi toh kahi ye khatre ki ghanti toh nahi thi hamare liye matlab hamare ghar ke liye .

dhande mein kaffi chhoti baat aaj aap sab ko badi fursat se batane vala hun ki agar soch chhoti ho toh kabhi inme kadam matt rakhna aur agar badi toh kabhi inke kareeb bhi matt jana ,kyunki ye kabhi fateh ki ek tarfa chal nahi balki har waqt do tarfa chalti ,mujhe pata ye baateion abhi kishi ko bhi samaj mein nahi aa rahi hogi ,ishliye purri khairat batata hun iske fateh ki .
mere papa ki hee tarah board federation ke kayi log ush din maujood thehe ishliye mein ush waqt toh soch kar bhi kuch kar nahi sakta per kehte hai khel jitna khatarnak khelne ka maja utna hee aata hai ,aur mere liye yehi vo sahi waqt mein jaha apna khel suru kar sakta vo bhi

"tigram" agar questions leaked hote hai toh ush waqt apradhi koi aur nahi balki sirf mere papa hee hote mera matlab hai vasudev pandit hee hote per agar vhi questions kahi aur bhi paaye jate toh ? aur vha seh pakde bhi jaate toh ,dhande ka ek aur khel hai ki khud ko aage badhane ke liye kishi ko neeche zarror girana parta hai per ushe hee girao jo uske kabil ho ,aur ush waqt en sab ke liye ek hee insaan kabil tha jo ki vha ka watchman tha ,papa ne batay tha ki uski soch kaffi gandi hai aurto ke lekar aur ham ushe kuch keh bhi nahi sakte kyunki board federations ke head ka watchman tha pehle ,agar ham kuch kehne ki koshish bhi karte hai toh hame vo dhamki dne lagta hai ki khud question leaked kar ke vo dusro per iljam laga dega agar ushe kishi ne kuch bola toh ,vha aurto bhi shishak thi vo unke sath bhi badi badatemezi seh pesh aata tha ishliye maine soch liye tha ki ek teer do sikar karne ka aab sahi waqt aa chuka hai ,na toh lanka ki vo nagri rahegi aur na hee ravan ,toh ush kuch hua aisha ki ICSE BOARDS ke exam ke ek din pehle jab vha ka watchman pee kar purra taali tha toh maine vha chupke seh entry marri aur jitne bhi questions seh thhe mera matlab hai har subjects un sab ki hard copy ushi waqt vhi per nikla li ,isse pehle kishi ko shak hota ki icse boards ke questions ke sath kishi ne cheer khaani ki hai maine unhe seedhe jakar ush watchman ke cabin ke cabin mein rakh jaha vo aaram seh ush waqt tak soy chuka tha phir kya ye sab karne ke baad mein vha seh nikal gaya ,aur ushi waqt maine ek fake id banayi aur ush id seh maine school ke har ek baache ko ek message send kiya ki agar final exams ke questions chaiye toh TULI PUBLIC SCHOOL ki peech gali per paishe lekar aana tumhe sarre questions mill jayege ,mujhe pata tha vo itni jaldi meri baateion per bharosha bilkul nahi karege ishliye maine pehle hee unhe sample bhej diye thhe ,phir kya maine toh sirf daana dala tha per mujhe kya pata ki itne saare paanchi meri chaal mein phash jayege ,thodi hee der mein raat ke sayad 9:00 baj rahe honge ,vha kayi saare students jo ki ek hee school thhe sahi samay per pauch agye ,per agar mein unki aankheion ke smane jata toh sayad vo mujhe pechaan jate ishliye maine socha ki unke samne jana abhi kuch theek nahi honga ,rahi baat questions ki toh maine unhe pehle hee ush school ke peeche vale letter box mein bahut pehle hee rakh diya aur uske sath ek message bhi daal diya ki apne paishe ishi box mein sab daal dena ,per vo kehte hai na amiro ki vafadaari ki khairat kuch acchi nahi hoti kyunki unki soch kabhi bhi palat sakti hai kishi ko bhi lekar ,mujhe ye baat bilku pata thi ki koi na koi aisha saksh zarror hoga unke group mein james bond ki auald banne ki koshish karega ,ishliye maine ye bhi likha tha ki agar kishi ne chalaki karne ki kishi ki toh ye tumhare saare karname jo ki CCTV mein kaid hai unhe mein tumhare ma baap ke pass bhej dunga ,per vi sirf ek afva thi maine aisha kch bhi nahi kiya tha ,iske baad sabne vha kiya jo maine bola ,unhone ush letter box seh questions uthaye aur bina kuch dekhe ush school ki gate seh kuch hee der mein bahra nikal gaye ,per maine thoda intezaar kiya phir mein ush letter box ke pass gaya aur vha jitne bhi paishe pare thhe maine unhe uthaye aur seedhe apne ghar chala gaya ,per mein un paisho ko apne sath ush waqt ghar lekar nahi ja sakta kyunki agar galti seh un paisho ko ma yasodha ye papa dekh lete toh jitne saval mere bachpan mein samam ne pucche sayad vha saval mere ma baap bhi ush waqt mujseh puchte ,,aur mein nahi cahta ki unki parvarish per koi saval uthaye ishliye maine ushi din un paisho ko ek dhande mein laga diya . iske baad jab agli subah ye khabar aayi ki question exma seh pehle hee leaked ho chuke hai toh har jagah khamoshi ki hava chalni lagi aur darr ki bhi , maine kuch der pehle hee bola tha ki teer toh maine teer toh ush waqt ek hee chalaya per uske sikar do honge ,questions leaked hone seh pehle hee maine ek message board federation ke head ko bhej diya tha ki questions kisne leaked karvaye hai ,phir kya tha jaishe hee subha hui meri kamayabi bhi ush waqt mere sath thi aur meri fateh bhi aur jinhe ush waqt badnam hona tha vo toh badnam ho hee chuke thhe ,mera matlab hai ush watchman seh jo agli subah hee jail ki hava khane vala tha ,aur jab ye haqqeqat samne aayi aur uske cabin se sarre questions mill gaye toh meri jo khairat khwaab bann chuki thi kuch der ke liye vo haqqeqat mein badal chuki thi ush waqt , akhir kar jaisha socha tha vhi hua ushe kaal kothri naseeb hui aur mujhe fateh ki qafas jisse mein behad khush tha .

"

WAQT
BADLANE
KI KOSHISH
VHI
KARTE
HAI
JO KHUD
KE
RISHTO
SEH
SE BAHUT
PEHLE MAHROOM
HO CHUKE .

DHANDE
MEIN

**KAMAYI
TABHI AAGE
BADHTI HAI
JAB USHE
INSAAN
NAHI VALKI
USKI JAGAH
VO
DHANDA USHE
KHUD CHUNE."**

per kehta hai kishi ko ek jurm ki saja vhi de sakta jsine ushe banaya ho ,ham manav jati kabhi ek dusre ke hoo nahi sakte na hee ek dusri ki gulami kar sakte hai ,aur na hee hamne khud ko banaya hai ,ish duniya ki har ek soch ush upravale ki kalpana se bani hai cahe vo achai ki ho yeh burai ki bash fark itna hee hai ,agar ush waqt cahta toh mein ush watchman bacha sakta tha aur karma ka intezaar kar sakta per karma ko kabhi kishi ne dekha nahi bilkul ush uparvale ki tarah ,per ha haqqeqat mein iski har ek soch aur ye khud bhi jinda agar ham kuch galat karte hai toh ye hame ushi tarah dand bhi deta bash ush waqt jurm koi aur kabul kar jaata hai ,insaan ki soch hee uske vinash ki cahat bann jati hai vo bhi kuch waqt mein hee hai ,ishliye kabhi khd ko behtar aur dusro ko kamjoor samjhane ki gusthaki kabhi matt karna ,kyunki ish ghamand mein kayi log bahut pehle hee ush samsaan ki rakh badal chuke hai .
per vo kehte hai ham jitni jaldi aage badhne ki koshish karte hai waqt ki ranjish hamare sath utni hee aur badh jaati hai ,khushiyan mil toh mujhe per vo bhi ek dhoke baazi ki shakl mein toh khush tha ,per har waqt ek darr ki khairat mujhe ye afssos dila rahi thi agar galti seh bhi ye

baat mere ma baap ko pata chal gayi toh phir kya hoga ? kya mein unse ush waqt najre mil bhi payunga kya unhe vo haqqeqat bata payunga ,ye vo sapne ? jo maine apni ma ki aankheion mein dekhe hai ? bhulne ki koshish toh kar raha tha per jehan mein ye baat har waqt mujhe pareshaan kar rahi thi ishliye maine ush waqt ek aur chaal chali ,jo paishe maine kamaye thhe unse maine ek company kholi import aur export ki ,per ye kuch alag tarah ki company thi ,isme import insaano ke emotions hote thhe aur export unke halat ?

ye kahani yeh meri aatmkatha abhi khatm nahi ,kyuni abhi toh bash sururaat hai ush kamayi ki bhi aur meri barbadi ki jo meri mohabatt bann kar mere samne aane vaali thi ,waishe mein uski pechaan seh waqif zarror karvan cahunga ,toh meri barbadi ki pechaan koi aur nahi balki VASUNDHRA BALMIKI thi ,per ye hai kaun ? achanak seh meri zindagi mein ye kisne dastak di hai jiske ek kadam parte hee maine ushe apni fanna mann li ?khair jo bhi per ek raaj ki tarah ,aur enper seh parde bhi bahut jald uthne vale hai per thode intezaar ki gahriya toh aap sab ko ginni hee paregi kyunki ush waqt meri haqqeqat bhi kuch aishi he ethi ,matlab mere halat .

"

VO

KEHTE

HAI

NA

AGAR

FATEH

KI

SABSE

BADI BADNASEBI

HAI
TOH
VO SIRF
AUR SIRF
MOHABATT
HEE . **"**